Sammlung Luchterhand 2005

W0271722

Norbert Hummelt (geb. 1962 in Neuss) ist eine neue Stimme in der deutschen Literatur. 1993 hatte er in der edition galrev den Band »knackige codes« veröffentlicht. Seither hat er sich von so unterschiedlichen Dichtern wie Eichendorff, Gottfried Benn und Ernst Jandl anregen lassen. Ob Romantik oder experimentelles Schreiben – Hummelt nimmt sich die Freiheit, dann auf die Tradition zurückzugreifen oder mit den gewohnten Formen zu brechen, wenn es seinen dichten Momentaufnahmen von flüchtigen Bildern und von beunruhigenden Lebenssituationen »Im (lyrischen) Gegenlicht« nützt. Ihm geht es in seinen Gedichten um nicht weniger als das Herstellen von Kunst. Die Bausteine dafür findet er in der Sprache. Für einzelne Gedichte aus diesem Band ist Hummelt mit dem Mondseer Lyrikpreis und mit dem Hermann Lenz-Förderpreis ausgezeichnet worden.

Norbert Hummelt
Zeichen im Schnee

Gedichte

Luchterhand

Dem Andenken
meines Vaters Karl-August Hummelt
(7.5.1924–30.7.1979)

Unter dem Strauche saß ein ernster Vogel gesanglos

HÖLDERLIN

die nacht

knips noch die lampe aus, wenn du vom klo kommst
laß uns schlafen, denn auch die neonleuchte drüben
nimmt ihr licht zurück: ihr eher ungesunder grüner
schimmer bleibt abgeschaltet für den rest der nacht.
ab jetzt ist nur mehr blässe hier im zimmer, queck-
silberträume, körpertemperatur geht in den keller, mit
meiner achselhöhle, glaub ich, stimmt was nicht. wir
ahnen bloß, was unter uns passiert, so ganz geräuschlos
fleisch der phantasie; nur manchmal, tags, erkennst
du wäscheständer, ist eins der fenster auf, solang
gelüftet wird. unter dem türritz steigt jetzt ein geruch
ich dachte eben noch an terpentin, das kennst du
auch, das ist ein kindheitswort. denn in der nacht, da
ich nicht schlafen konnte (ich hatte angst vor den ganz
weißen augen der endzeitsekte im science fiction-film)
lag ich alleine da u. lauschte, lauschte, der schlüssel
drehte, drehte sich noch nicht im türschloß um, nur
schob ein wagen, der vorbeifuhr, seinen stummen schein
im spalt des vorhangs durch, daß er die wand lang
huschte u. an der zimmerdecke noch ein muster gab.
u. aus dem treppenhaus geruch von terpentin. wir
wissen wenig u. bemerken nichts; nur wie die amsel
manchmal unter dem container, kann sein nach irgend-

welchen resten sucht, kommt mir bekannt vor, wenn ich hunger hab. du hast dich umgedreht; jetzt bin ich wieder wach u. seh den traum in deinem auge flackern.

der erste schnee

du sagst du wußtest schon wie du zum fenster
gingst es ist die amsel die uns da beäugt
so tief wie du in meinen armen liegst hielt sie

sich fliegend an sich selber fest jetzt sitzt sie
stumm wo in der dunkeln gabelung noch eine
spur von etwas weißem blieb das ist bestimmt

erst über nacht gekommen u. stäubt herab
wenn sie den zweig verläßt du sagst im schlaf
hast du den ersten schnee gerochen doch

was uns trennte ist noch nicht besprochen
sind denn die vogelbeeren noch nicht bald
erfroren ich sah sie leuchten eben im geäst

der dunkle schwarm

der dunkle schwarm ist mir zuerst erschienen
über der backsteinmauer, nahe dem gerüst
doch wo sie landen ist noch nicht entschieden
noch ob sie anzusehen mir gegeben ist

weil diese gläser da in ihrem etui
kannst du so leicht unter dem schuh zerbrechen
doch du u. ich, wir kennen die phobie
u. auch die furcht, davon zu laut zu sprechen

ich sah den baukran seinen arm bewegen
der ohne widerstand die weiche luft zerschnitt
der dunkle schwarm erzittert vor dem regen
u. meine wimperlinge zittern immer mit

der vergessene falter

sieh, meine wimper zittert vor dem mikroskop
u. außerdem ist meine hand zu grob
für diesen körper in geborgtem licht wie still
auch immer er gehalten ist mit der pinzette
doch in dem ausgespülten marmeladenglas
in dessen deckel ich mit einem büchsenöffner
drei löcher stieß damit er atmen könnte
war es der falter nicht der in den halmen saß
der den ich aufgepinnt in der vitrine sah
u. präpariert so daß er reglos harrte
damit mein blick der ihm sonst nachgeschwirrt
in seinem angesicht für den moment erstarrte
wie er die wiese leuchtend überflog
daß die pupille sich vor licht zusammenzog

unter dem glassturz

noch stehn die magnolien nicht
im zenit doch ist ein druck
auf meinem linken augenlid
u. sendet schauder bis in
mein gehirn als sei der flieder
schon an mir vorbeigegangen

die glocke soll sich nur nicht
wieder senken, um gottes
willen bitte, nicht um mich
ich will auch immer atmen daß
ich luft bekomme, mit tropfen
künstlich die pupillen weiten

daß ich das blühen einmal nicht
versäume, das weiße blitzen
der kastanienbäume
von dem ich eingekapselt
schon u. immerfort mit
allen venen u. arterien träume

die eibe

dann träumte mir wieder die nämliche
landschaft mit irgend dorngestrüpp
an kohlefarbnem hang wo ich alleine
war u. an zu laufen fing *rechtschaffen*
trostlos die verwaisten pfade bis
zu der dunkelhell bewußten stelle
am sanften ufer wo kein weg mehr
ging .. ich bin ein kind noch *u.*
ledigen standes u. doch beinah schon
in die erft gegangen, bin nassen
fußes u. lesenden auges in klammer
andacht vor dem stein gestanden u.
sah die schrift *von jedermann geliebt*
u. konnte den mund nicht zum schreien
öffnen u. habe nur stumm durch
die ritzen gespäht .. die eibe vor
meinem fenster, sie hatte sich selbst gesät

getäumte erinnerung

tief in den kissen dämmert es dir wieder
der staub, die stille, der geruch von gas
u. spitze gegenstände, die latente angst
vor nadeln, stiften, aufgeklappten scheren
u. scharfen kanten, die ins offne ragen
an die du immer dich zu denken zwangst
doch ihre drohung hat sich übertragen
auf alles flüssige, auf blut, auf harn
u. ganz umstellt von fremdem mobiliar
wirst du des heimlichen bezugs gewahr u.
du erinnerst dich der dunklen tütensuppen
die schon vom datum längst hinüber warn

jenaer glas

zwei farben, beide weiß: die arme, die ihn vor
das fenster hielten. in dieser frühe schien
noch nichts getrennt, denn in dem sogenannten
draußen da war gar nichts anderes als eben
dieses weiß. es kam, es kam von oben (was ist
oben?), blieb unten (was ist unten?) lange liegen.
vielleicht ist unten das, wo etwas liegen kann.
schon ein begriff wie lange (was ist lange?) hält
der beobachtung noch gar nicht stand. als ob
die augen das ermessen könnten, was zeitlich
ist. nur daß die augen es noch gar nicht fassen
können (was sind augen?): dem licht blind
ausgesetzt, lang lange vor der ersten differenz,
der scheidung dessen, was da draußen ist, u.
was hier drinnen. in diesen kopf hinein ging nur
die eine schwelle: die sich nicht schließen
kann, die fontanelle. u. war noch lange lange
noch nicht kontinent. das lichtbild aber, später
später, es zeigt, es zeigt doch nur die art des glases
an, das ihm gehalten wurde, u. er zog daran. u.
die substanz war fühlbar weiß, u. sie ergoß sich
langsam langsam in das ichgefäß, das noch ganz
unbestimmte, doch es war groß u. es war existent.

in schleifen

in anbetracht des schmalen tageslichts
schon in der dämmerung bevor
ich fickrig werde kannst du
mir sagen falls du bei mir bist
ob dieses klacken da das
die sekunden hinhält in
schleifen endlos die kein
ohr bemißt das stete
ticken einer blindenampel
oder das pochen meiner pulse ist

in dieser nacht

wie deine küsse nach
kamille schmecken

ich darf dich nicht wecken.

du sagst: verstehst du nicht?
ich will schlafen, ich bin so müde.

nach salbe riechen
unser beider kissen.

du darfst nicht wissen:

die welt ist fremd in mir, ich bin
erst fünf vielleicht.

in excelsis

aus welchen unbekannten ätherregionen
ist die erscheinende so weit
hinabgeflogen ist eine taube scheint es
aus dem schnee gekommen u. sitzt
ein fremdling auf dem lampenbogen .. ist
nicht die luft hier unten derart temperiert
als kann ein schnee darin so gut wie
nicht mehr fallen .. ist eine möwe scheint
es der balance benommen u. viel zu
taumelig sie mit der hand zu haschen u. ist
schon aufgelöst in wäßrigen kristallen u.
läßt mich sanft verwirrt mit mir allein zurück ..

kreuz der verlobten

bald kann ich dich nicht mehr wärmen, marie
im unverminderten flockengestöber
hier führt kein weg hinab nach malmédy
kein steg so sichtbar, daß man treten könnte
dies moor, wenn überhaupt, wird später erst
erschlossen. hier hast du meine jacke
nimm u. sieh: es wär schon dunkel, wenn's
den himmel gäbe. sind wir im morgengraun
nicht mehr von dieser welt, wir hätten nichts
als nur uns selbst genossen, u. das nur kurz
wenn dieser sturm nicht wär, wär nur die stille
komm, vergiß es. das war's, *fini*. man friert
uns ein. noch nicht mal neunzehnhundert
wir sind zu jung, wir haben uns
noch über nichts gewundert
du gabst mir irgendwas. ich nahm zu viel davon
die frische luft hat uns den rest gegeben
der weiche kristalline schnee ist klar in uns
verliebt, dieweil es
das nach uns benamte kreuz noch gar nicht gibt

brautgedicht, für j. s.

ich bin so aufgeregt
was ist mit deinen augen
die waren schimmernder
noch nie mit film bedeckt
auch sehe ich nicht eine einzige
der 62 nadeln
mit denen ist dein haar
so herrlich hochgesteckt
so in der art
daß eine locke fällt
dunkel über dein gesicht
ich bin ja gar keine gräfin, sagst du
doch ich weiß es nicht

kleine regression

das blaue duschgel das aus deiner
hand in meine übergleitend unsre
achselhöhlen mit seinem duft vernetzt
vermutlich rosmarin riecht mir so
fremd zugleich u. unheimlich bekannt
so daß ich aufgelöst nicht mehr wie
vorher bin u. nur noch hingegeben
jedem wärmeschauer der sich um
eine unsrer hüften legt bis ich
mich innerlich von dannen stehle
in einen knabenkörper feucht u.
unerregt u. mich ein traum besucht
zuerst ein ungenauer bildhafter
eindruck badehandtuch alter *allibert*
die spiegel blind vor dunst der
schlüssel stak von innen u. um die
hüften war noch kein beginnen von
etwas fieberhaftem heiß u. unerklärt

sonett mit morpheus

erst ist die luft so süß von sanften drogen
u. wenn wir kuchen essen schließt sich lid um lid
dann wird die welt nach innen umgebogen
doch in der brust ist immer nur der stille beat

das ist musik mich in den schlaf zu schicken
u. was ich sehe ist allein das gras
ich werde müde wie van gogh zu blicken
weiß blüht der mandelsproß im trüben wasserglas

was denn für bilder. ich war weggetaucht
zu zögern zwischen halt u. überlassen
dann ist der kuchen restlos aufgebraucht

u. alles denken sinkt u. mir ist komisch warm
wie ist es möglich dich jetzt anzufassen
du bist so weit auf einmal weg in meinem arm

déjà-vu

nimm nur die hand nicht weg aus meinem haar
u. streichel die bebende kopfhaut bloß weiter
mach still. mach ruhig. mach hin. laß nicht nach.
wie unruhig macht mich dies fußbodenmuster.
erzähl mir irgendwas, hauptsache sprich mit mir.
hier ist ein cluster panischer momente
was vorher bildlich war ist implodiert
u. kehrt als endlos ausgedehntes in der zeit zurück
hier ist die platte die andauernd springt
du kennst u. kennst nicht das verdammte stück
du kannst nicht aus deiner haut, aus dem kopfraum
u. jeder wimpernschlag ist ungeheuer
u. jeder satz den einer spricht ein schock u. stoß
u. jedes wort hat schwerkraft u. gewicht
u. zieht mich runter, bild erschlag mich nicht
nimm nur die hand nicht weg aus meinem haar
u. streichel die bebende kopfhaut bloß weiter
mach still. mach ruhig. mach hin. laß nicht nach.

»sprich das wort«

»... kennst du so träume wo man irgendwo
hin will u. man kommt nie an? wir sind
ja auch nur wildgewordene materie,
irgendwie so was sperriges wo es kein
anfang u. kein ende gibt, ich war so
abstrakt melancholisch: du weißt doch
daß ich nicht richtig im kopf bin, ich
kann ja auch nichts dafür. immer nur
bier u. ich hatte da so tabletten u.
dann stehst du da u. stolzierst um
den tisch rum da dacht ich mein gott
was ein elendes leben, da ist etwas das
spricht zu dir u. du sprichst zu ihm ...«

nadeln

du liegst ja noch immer bei mir doch
du schläfst schon die nachglühenden
stellen in unserer haut flüster ich
dir in die träumende muschel wärn
von den leuchtenden nadeln der
lärche in deren wipfel sich das blau
mit blau vertauschte als hätt ich
nie noch je das firmament gesehen
damit die bilder dir vielleicht in
deinem kopf geschehen wach auf
was weißt du was hast du geträumt

matrizen

zwischen den tagen liegt mehr als nur
die nacht, das bettzeug, die milben,
getrockneter rand von eingedunkeltem

samenerguß in jenem gleitmoment bevor
ich husten muß, mehr als der ungenaue
griff zum wasserglas u. stummes eingehn

in die bettlektüre .. es ist der schlaf die
grenze zwischen dem, der liest u. dem, der
anderntags sich kaum erkennbar ist: erst

sah ich ein gleißen, dann sah ich nichts
die ratte, für eine halbe sekunde erschien
sie im kegel des scheinwerferlichts .. es hat

die aufzeichnung von gestern nie gegeben
wie auch den durchschlag, das kohlepapier
was man matrizen nannte, so weit von hier

»show must go on«

»… wenn man so von oben bis unten
komplett lau ist dann kannst du
alles erleuchten: früher durfte ich
keinen kaugummi, die haben mich
zum arzt geschickt als ich drei
jahre war so ging ich nicht mehr
unter die menschen wie hase unglück
ich kann nichts dafür. aber wenn
man es einmal anfängt dann mußt
du es immer tun wenn man bedenkt
wie lange eine sekunde ist ich
kriege schon wieder hunger: jetzt
kann ich schon wieder die kiwi
vertragen, den braeburn-apfel,
die kirsche. ich möchte dann heulen
aber vor glück, göttliche fügung!
geht schnell …«

selbstbildnis als jüngling mit kirschen

schließe dein leibliches auge, kleiner.
dreh auch im dunkeln dich
nicht nach der kellertreppe
nicht nach der heimlichen stelle im zaun
tief unter rankendem efeu verborgen
wo die drähte nicht miteinander
verdrillt sind, aber
die beine laß übereinandergeschlagen.
laß nur die augen zu, es ist ja
niemand da. die wäschewiese vor dir
liegt wie unberührt, u. was du
wie zum schutz in deinen händen hieltest
kann auf dem bild ja keiner mehr
erkennen, vielleicht
ein spielzeug, eine kamera

nur an die sauerkirschen, die so hoch im baum
(nicht an das luftgewehr
als dann die vögel kamen): an die
erinner dich, sonst sind sie unsichtbar.

schattenmorellen

im wohnzimmer steht ein brünettes klavier
nicht jenes schwarze modell aus dem vorkrieg,
die firma ging in den zwanzigern ein ..
kurze, nach unten gekröpfte klaviatur, da
kann man kein wunder an spielart erwarten.
die wirbel sind nicht mehr fest genug.
er kann den dämpfer nicht richtig fixieren
u. weiß nicht, wo es schon wieder blockiert.
u. wie er so sacht mit der stimmgabel tönt
kommt mir ein satz meiner großmutter wieder
so daß ich stehe u. bin überströmt
spiel doch noch einmal das largo von händel ..
von jenseits der steppdecke kam diese stimme
noch als sie lange schon bettlägrig war
sich nährend von pudding u. schattenmorellen
u. jeden einzelnen wirbel verspürte
trug sie geflochtenes kohlschwarzes haar
spiel doch noch einmal das largo von händel ..
es war ihre einzige melodie, aber ich hatte
zwei linke hände u. ich spielte u. konnte es nie

treets

nur nicht so zart wie jene madeleines
wie man sie taucht in lindenblüten
oder schwarzen tee, nur manchmal
eine scheibe zwieback in bouillon
gelegt daß sie sich vollsog mit der
heißen brühe u. so sich wandelte als
sie mir sanft zerging zum stillen träger
der erinnerung. die ersten atemzüge
waren schon zu viel, der schwall der
stimmen u. ihr warmer hauch .. nur
eine ahnung die in meinem mund sich
raum verschaffte wenn durch zungen-
spiel der schokoladenmantel um die
erdnuß schmolz bevor die backen-
zähne erst ihr stilles werk begannen.

ich höre mich sagen

nicht mehr lesen können nicht mehr
still sitzen können nicht mehr
liegen nicht mehr schlafen können
nicht mehr mit augen die zeilen
zu kämmen den kopf nicht mehr
aufstützen nichts mehr entziffern
sag welchen der glücksstoffe barg
die banane die ich als speiserest
an meinem gaumen ahne der ich
mich gerne jetzt mit deiner brust
befaßte doch was ich finde ist
allein die schlummertaste ich höre
mich sagen ich kann nicht mehr
lesen kann nicht mehr still sitzen
nicht liegen nicht schlafen nicht
mehr die augen die hände die stirn

fremdkörper

u. wenn ein juckreiz, staub
u. allergie sich meiner
annimmt u. mich ganz besetzt
u. alle gegenwart ist agonie
muß ich dich bitten mich
nur jetzt nicht anzufassen
u. es zu hindern daß dein haar
mich streift u. mich
der speichel deiner zunge netzt

tannengrün

wie soll es weitergehn wenn die pralinen-
schachteln erst alle leer gegessen sind u.
nichts mehr übrig ist von den makronen
dem spritzgebäck u. parfümierten tees
am dunkeln grund das bett liegt ungemacht
rieselndes tannengrün an meinem nackten
fuß zwei körner katzenstreu wie soll es
weitergehn ich habe solchen hunger wenn du
den bademantel aufschlägst, nach vanille riechst ..

reste

draußen ist sonne, draußen
ist schnee, doch drinnen
nichts, was mir zu eigen wäre
ein fremdes haar, das an der
seife pappt, so überreif
die milch im tetrapak
u. überall die alternden
gebäcke, vergessene kekse
u. staubige trüffel, der ich
die aufgesprungne lippe
lecke, ich schaue nicht bis
in die zimmerecke, jemand
(nicht ich) wird hier sein
jemand (nicht ich) war hier

liaison

siehst du die türmer, gefiederten
schwärmer, im staubhellen lichthof
der reispapierlampe, hin
über giebel, wo liege dann ich

schimmer

sieht nur so aus wenn ihr dämmernder sinn
träumend nach innen gekehrt ist, wohin
sollten sich ihre sehnsüchte wenden
falls sie den schimmer der kindheit fänden

bloß ihre pfoten erinnern sich hell
an jenes weiche getigerte fell
fühlst du die milchtritte auf deiner brust
ist sie sich kaum der vertauschung bewußt

die frühen gefilde

kühler u. langsamer geht
dieser tag am himmel
ein streifen gestockter
milch, gefühl von
wasserweich verzehrt nach
kuchen, den atem kauend u.
früh versunken
in traurigen schnitten, dem wegfuttern
derer, bild einer droge u.
schwer zu entsinnen
die ganze zerdehnte zeit auf dem
zimmer, kühler
u. langsamer geht dieser tag ..

aus der kindheit

»du wirst bestimmt mal dichter werden
u. wenn du rohrabdichter wirst«, so
sprach zu mir mein vater, dieser dichterfürst
u. ging zum büdchen zigaretten holen u.
für mich einfacheiscreme in stanniolpapier.

spielfilm

im ersten zwielicht diesseits der gardine
noch vor dem abendbrot, es lief schwarz-
weißprogramm, ich saß, ein kind, gelehnt
an seine knie, u. seine hand strich sachte
meinen kopf. doch stunden später, wenn
im *kommissar* oder im spielfilm aus den
usa man eine dame etwas dünn bekleidet
oder ein paar zu eng umschlungen sah
glitt seine hand wohl über meine augen
u. hielt so lange bis die szene endet, da
ging mein herz, wie ich im dunkeln war.
blieb bloß der ton, ein stöhnen oder
schluchzen, denn eine fernbedienung
war noch nicht erfunden, so daß ein bild
in meinem kopf wie von alleine kam
mit ihm die wünsche u. die erste scham.

heißmangel

seltsam
ich habe mir doch gar nicht
in den schritt gefaßt
eins der drei kissen lag
in meinem schoß
mein herz schlug heiß u. kannte
keinen mangel als den zu
stillen noch allein kakao vermag

time tunnel

nicht so poetisch wie bei h. g. wells
in der verfilmung der »zeitmaschine«
wo die zigarre, als proband entzündet
u. auf den fahrersitz der miniatur gelegt
nach tätigen des hebels wie im nichts
verschwindet, u. ist doch immer noch an
ihrem alten ort, in unausdenkbar ferner
zeit gelandet .. billige tricks, wenn man
es kühl betrachtet, u. doch magie, die an
den bildern hing, gedrehten, entgegen
dem uhrzeigersinn, der sie gesehen hat
versank im ohrensessel, der bildschirm
teilte sich, der raum verging .. kam er
zurück, ging durch den raum ein zittern
fern wie aus troja u. vor jericho, die
gläser klirrten leise im vitrinenschrank
die lange unbenutzten cognacschwenker
u. die tapetenmuster drehten um u. um ..

memory

nach den gebäcken, bei schummrigem licht
die stunde unter dem vogelkäfig da
auch kein stangenpicken mehr zu hören ist

am spülstein niemand sich die hände wusch
nur das geräusch das die spielkarten machen
wenn man sie über das wachstuch führt ..

stunde im übertragenen sinn: das reden
hat nicht wirklich aufgehört, du lauschtest
auf die unterbrechung hin .. dein stapel

der neben dem saftglas liegt ist still
um drei pärchen höher geworden
die apfelhälften u. die frauenköpfe

die weißen schiffe auf blauem grund sie
liegen verdeckt mit den bildern nach
unten u. schienen nur für deine augen auf

bruchstücke

I

»… eigentlich wollt ich dir eins ausgeben
damals als ich mit dem knaller unterwegs
war ich will aber ich kann nicht kannst
du das verstehen ich versuche die welt
von meinem optimismus zu überzeugen
ich will aber es geht nicht mit jemand
den du nicht kennst das sind alles so
dumme geschichten ich kann nicht
denken was ich denken will ich kann
nicht träumen was ich träumen will
alle eingegangen, verhungern lassen …«

II

»... 38 tage nicht geschlafen nur jede
nacht zwei vier stunden vorige nacht
wär wieder schlimm gewesen er hat
ja selber gesagt daß er mit gott nichts
zu tun haben will *soll ich mal lachen*
oder was, glaub ich nicht dran ich
stand dabei wie er sich die seele aus
dem leib geschrien hat aber ich hab
getan als ob so verklemmt es ist nur
damit ich irgendeinen grund hab aus
dem bett zu kommen ...«

III

»… erst war der plan so wir machen durch
wir brauchten kein hotel mehr wir hatten
uns rausgeputzt wie die sphinx dann stellte
sich heraus so'n schönling so'n schöner
schönling man versucht ganz betont sich
nicht aufzuregen dann hab ich halt gemerkt
speedy ist 23 das ist ja sehr verwunderlich
deine freunde müssen dich lieben weil du
momentan nur total wirrwarr redest u.
weißt schon nach fünf minuten nicht mehr
was du zu mir gesagt hast …«

IV

»… du lebst so voll in deinem kokon
kannst mir ruhig erzählen wenn dir
was weh tut, ich versteh das auch:
die waren alle süchtig nach gewalt
die eltern überspielen ihre träume
auf die u. da lacht sich mein vater
kaputt wie kommst du denn da
drauf? die lebt so in ihrer eigenen
welt hat immer sehr viel von sich
erzählt, mein vater der verlangt nach
ihr er sagt immer nur simone simone
mein gott das wird mir alles zuviel …«

nordkanal. nach hopkins

u. ab u. an am nordkanal ich ging zu fuß
am transformatorhäuschen still u. unerkannt
u. keiner grüßte mich u. es war nur egal
es ist ein traum vielleicht in meinem mund menthol
in meinem blut vielleicht ein rest von alkohol
wie ab u. an ich ging für mich am nordkanal

in meinem kopf ich webe u. ich webe hohl
ich bin nicht anzusprechen oder bebe wohl
wie ich im ohrenrauschen zu vernehmen glaub
als rief ein vogel immer leiser lebewohl
(».. webe. bebe. lebewohl ..«)

im gegenlicht

am sechsten tag vor ende januar im winterlich
geschrägten morgenlicht am rand der
insel zwischen gleis u. gleis im kehricht *unter*
dem strauche saß ein ernster vogel
gesanglos, allein er redete wie ich nah bei ihm
stand wohl für die dauer einer ampelphase:
»vergeblich suchst du deinen tag zu schildern
in worten teilt sich ziemlich wenig mit
von den verstörenden verhuschten bildern u.
dem gelegentlichen appetit vielleicht gelingt
es dir dich sehr weit wegzuwünschen wenn
du lang hinsiehst u. dich ganz ergibst beginnt
die dingwelt sich dem blick zu beugen u.
zeigt dir alles was du heimlich liebst es kann
die kuppel eines gasometers die silhouette
eines fernen berges sein .. nun geh u. flöße dir
dazu ein mittel ein, denn du verträgst nicht
sehr viel wirklichkeit« u. seine stimme sank u.
hallte u. verschwand im dichten pulk der andern
u-bahnstimmen u. glitt hinunter, wo wir alle
gingen, die schwebende rolltreppe unter dem fuß ..

»black in mind«

»… könnte ja sein es ging klick
nur vier tote, der rest hat
überlebt aber frag nicht wie war
jetzt nur so eine eingebung
von mir. ich bin ja privat
auch immer für messer u. pistole,
ich bin hart erzogen worden als
kind, ich geh mir jetzt ne
magenschmerztablette holen da
kannst du sehen wie kaputt
die mich gemacht haben, das
ist eben unwiederholbar denk
mal drüber nach. vielleicht stell
ich mich ja immer nur total
an ich weiß auch nicht, oder
meine hände werden so schwer …«

der meister

in den arkaden ist er nicht mehr da den
du gesehen hast wie er am pfeiler lehnte war
er schon eingeschlummert vor dem edeka

der konnte nur noch seinen sakko tragen
doch nicht den traum, geschweige denn allein
nicht mal das wasser konnt er lange halten

nur in der gegenwart des dunklen schäferhundes
hielt er sich selber für den stern des bundes
u. seine augen sahn den siebten ring

»aufheller«

»... drei- oder viermal abgestürzt, sowieso
immer das arme tier, letztes jahr haben
sie einen erwischt der wollte auf nummer
sicher gehn. ich fands immer klasse wenn
ich einen gehabt habe der da am anfang
was in den raum gestellt hat: jesus heißt
der sohn, da hat sie mit gesprochen, nein
jesus heißt der bruder der frau. obwohl mir
das nicht so ganz einleuchtet weil das ist
irgendwie ein unpopulärer ansatz ich denke
ich hätte den abend vorher schlafen sollen
aber ich beschäftige mich mit so vielem ...«

mein vogel mimikry

meinen roten ara kann ich
morgendlich besuchen
unter dem plexiglassturz
vor der kaufhaustüre
nickt er mir nicht schon
von weitem zu? sprich
zu mir: ich bin ein tier
wie du / willst du noch
ein zweites markstück
haben? mein roter ara aber
imitiert mich nie / bin ja
mein eigner vogel mimikry

zwiesprache

da das geräusch, doch du verstehst nicht gleich
die welt lag unterhalb, am fuß der küchenzeile
wo die tapetenblumen einzig sichtbar sind

u. etwas zagendes vielleicht wie mädchenfinger
fühlt durch das gitter, überstreicht den kopf
tangiert das unbehaarte stark durchpulste ohr

bloß keine menschenstimme die so traulich
bittet dringt in das zuckende gehäuse vor weil
jenes meerschwein, seiner selbst vergessen

hört nur die schließgeräusche von der kühl-
schranktür .. ihr auf u. zu bedeutet immer
essen, ansonsten wartestille immer für u. für

»funkkontakt«

»... du brauchst ja nicht zuhören aber ich
muß meinen lebensstil ändern ich bin
eine chaotin gewesen alles klar, wir
sind mal vor zwei jahren zusammen im
zug gefahren ich weiß du heißt michael
u. du spielst gitarre. ich kann mir auch
immer gut merken was wer wann wo
gesagt hat, funkkontakt: als ob einer
draußen sitzt u. mir diktiert. ich mache
das manchmal in so situationen weil man
kann ja auch nicht immer gleich was mit
sich anfangen vielleicht werden wir ja
davon verschont. ich will dich ermutigen
darüber nachzudenken sozusagen ob das
nicht auch schon eine hilfe sein könnte.
aber du sagst es so, du hast die macht:
wir sind aus sehr verschiedenen welten ich
werde dich niemals erreichen können ich
bin ein wenig verzweifelt weil wir nicht
wissen wo wir hingehen u. was wir machen
sollen, die chancen sind eher fifty-fifty ...«

blende

u. um die nasenwurzel gehn die stimmen hin
in meinem kopf zuerst ich weiß nicht wo
ich bin erst halb erwacht u. noch nicht
angekommen u. weithin unsortiert wie hoch
mein zimmer ist von fern vertraut bin ich
alleine der kommode u. aprikosenfarben ist
allein das licht vom schmalen dielengang
im schlitz der milchglasscheibe wenn das der
deckenleuchte sich mit dem von draußen
mischt für eine kurze spanne zeit am späten
vormittag u. nur zu sehen wenn ich still
so liegen bleibe u. nicht mehr aufgesplittert in
personen bin .. u. die sich schlafen legten in
den hauseingängen sind seiner eingedenk u.
der da zu mir spricht: ich kann im badezimmer
dich im spiegel schauen, doch du rasierst
dich lieber nicht, du denkst: die augenbrauen

relikt

bleibt noch dies stück betasteter wand
geschwärzt vom abrieb meiner finger-
kuppe, als ich im dunkeln das kruzifix

suchte, hier wo die tapete fast durch
ist, siehst du, u. konnte nicht einschlafen
eh ich es fand: das bronzerelief, die

figurengruppe, ich strich darüber,
gehörte ihm zu, u. hörte den leisen
metallischen anklang, u. konnte die

träume, die träume erwarten. so hat
sich im dunkeln das licht angefühlt
verwischte stelle auf einem bild ..

augenfieber

die felsenbirne war noch nie so weiß
zu keiner zeit ist sie mir je
so weiß erschienen wie
dieses frühjahr feucht u. unerregt
an so viel helligkeit kann
niemand sich entsinnen
der tag war draußen u. ich sah von
drinnen ob reif ob schnee
vielleicht ob blütenschimmer
was sich als fieber auf die augen legt

niemandsland

vergilbter garten, niemandsland
bei unterzuckertem
verstand / imaginiert jetzt
der wind in den pappeln
rauhreifumrändert
das bild
vom bahndamm, vom struppigen feuerdorn
bei der garage
treulos das ganze
u. etwas verfehlt, ein kanari
der nicht hansi heißt
wohnt in dem haus, ist noch nicht abgereist

der letzte sittich

die linien des lebens sind verschieden
wie eine möhre ist u.
des salatblatts ränder, je nachdem
wie ich mein schauen durch
die stäbe änder
ich kann mein trillkorn still
im schnabel rollen
so lange bis die letzte mauser ist

wer wird mir luftgeschöpf dann
klares wasser bringen
ich kann mein schwanenlied nicht
gut alleine singen. ich bin
das selige, ich bin das stumpfe
tier. das widerspiegeln
liegt schon so weit hinter mir.

hungrig u. wach

jetzt sehe ich: das ist der weite, unbestirnte
himmel, den ich sonst ausschnittweise
durch die jalousie vermuten mochte, doch
so weit ich immer hoch u. seitwärts suche
erkenne ich in meinem schwanken schauen
die vielen wildgemachten düstern tauben
niemals, die auf dem schrägen schieferdach
mir gegenüber, sich sammelten in ihrer
kolonie. sind sie denn nicht mehr hier in
raum u. zeit gegeben, in deren gegenwart
ich meiner inne wurde: sie warn so high
von den aromastoffen in warmen fastfood-
resten, danach pickten sie. hungrig u.
wach bis in die backenknochen steigt nachts
mein blick hinab, auf ihrer frühern spur
bis in die u-bahnschächte, nur wozu. ich
hör sie nicht mehr, die intimen laute, die
einmal gurren ich, mit ihnen einverständig
mich fast zu nennen traute: fort sind sie.

der turmfalk

am fenster, schnurlos, da am telefon ich für
den bruchteil erst nur deine stimme höre, seh
ich im rankenwerk dort auf der mauerkrone
bis dato unbekannten, etwa taubengroßen
nein etwas größer, glaub ich, fremden vogel
sitzen .. ich würde mal sagen, oben rotbraun
mit aschgrauem schwanz, dessen endbinde
schwarz ist .. das ist der turmfalk, vorher nie
gesehen, wenn ich dem fernglas hier u. dem
bestimmbuch traue, dem ich ins gelb umflorte
dunkle auge schaue .. scheint so er hat eine beute
geschlagen u. weidet sich an dem erlegten tier
u. äugt nach jedem bissen wie zu mir herüber als
ob er ahnen kann, was ich ihn fragen möchte: ist
sie das, die vielzitierte feier der natur? dann wird
es gut sein, wenn ich sie nicht störe .. die leitung
knackt, ich habe nichts vernommen, ob du noch da
bist, rede doch mit mir .. der falke fliegt, er wird
nicht wiederkommen, nur ich am fenster, ich am
telefon, bin schnurlos noch für einen bruchteil hier

evensong

though there is nothing here
not even stars to count doch
dieser abendhimmel macht
mich sehr erstaunt though
there is no one here not even
me who sits and wonders
doch dieser abendhimmel ist
schon sehr besonders though
I am sure of nothing but
my eyes shut wide so hell so
dunkel schon die ganze zeit

rapid eye movement

weißt du, was draußen ist? ich bin nicht
sicher. im fensterausschnitt will mir
nichts erscheinen, u. traumlos muten
mich sogar die rollos an, der ich
den salven schneller augenarbeit, des
tiefschlafs trugbild unter meinen
lidern, in meiner not schon nicht mehr
trauen kann. doch dann bewegt ein licht
sich unversehens, dann nimmt ein reiz
mich langsam mit sich fort unter das
sternbild lindernder substanzen, u. löst
die linien der fixierten welt an einer
kreuzung in köln-ehrenfeld. *weißt du,*
was draußen ist? ich bin nicht sicher.
die ampel wartet, daß ich sie benenne
ich sah das schattenbild der parabol-
antenne, mein unbewimperter dritter
augapfel dort ist auch ein zeichen nur
das auf sich selbst verweist, hungriger
taubenschwarm, der um die ampel kreist.

figuren

u. die figuren, die mein auge suchte, sind ihre
federn etwa alle imprägniert, daß ich nicht
eine sehen kann, die ihre schwingen schüttelt ..
sie ducken sich in paaren in die regenrinne,
daß ich kein bild von ihrem stillen tun gewinne

teerpappe

still auf dem dach der baracke im hof
seit tagen liegt die tote taube da
wo sich die teerpappe vorsichtig wellt

so unberührbar lag hinter dem zaun
mathilde, im schatten des maulbeerbaums
u. träumte, sie müßte ein kloster erbaun

vor ihrer hochzeit, die königsschwester
u. blieb so liegen, wer weiß schon wie lang
das dauern könnte, bis regen u. wind

den ganzen vogel, das himmlische kind
hinweggespült von der teerpappe haben
den klump aus knochen, fäulnis, federkiel

ferne

auch dieser sommerabend weder warm
noch kühl wär viel zu unbestimmt für
ein verlustgefühl wärn diese stauden
nicht so unumwunden blau ist glaub
ich eisenhut der hier so spät noch blüht
hält den gedanken an u. die bewegung
still u. weist für augenblicke einen
weg zurück der vogel fliegt nur mehr
ein stück voraus u. sehr viel niedriger
als er wohl fliegen könnte sucht er sich
jeden zweiten gitterpfosten aus daß ich
ihm folgen kann u. doch den abstand weiß

in der fremde II

im sirren der drähte der plötzliche wind
zeigt mir ihr blattwerk von der hellen
unterseite u. macht mich unsicher
ob das hier pappeln sind sie sehn
so anders aus als wie ich pappeln
kannte so still u. stickig in der
sommerglut wie als der vater ging
um den *passat* zu holen u. ließ
mich wartend am waldrand zurück
auf augenhöhe allein mit den dingen
er war in gedanken noch immer
im krieg hier zwischen holunder
u. fingerhut hielt ich auf diese
nicht endende stunde gebannt
u. nahm die waldhimbeeren nur
aus solcher höhe wo sie der strahl
des fuchses nicht befeuchten kann

das alte jahrhundert

die sommerastern sollten für den friedhof
sein; auf einmal fällt ihr noch der blaue
heinrich ein; ableger dessen, der schon
vor dem krieg, wenn nicht noch früher
in dem garten stand. wie er noch konnte
ging er immer hin; doch vor dem werks-
tor mit dem henkelmann, der mit dem
zweifach zerschossenen arm, war das
derselbe, der beinah in rußland blieb?
das war ein anderer, den hast du nicht
gekannt. von dem die salbungsvollen
briefe kamen. tat sich den däu an, falls
du mich verstehst. u. dann das fräulein
das um zucker schrieb, sie fragte uns
in violetter tinte, wir schickten süßstoff
weil wir selbst nichts hatten, kann sein
sie merkte keinen unterschied. ehrlich
gesagt, ich auch nicht. aber du: nimm noch
ein stück von diesem marmorkuchen u.
sieh den sommerastern beim verblühen zu

dahlem, waldfriedhof

liegt ziemlich abgelegen, fast schon im
grunewald, am rand berlins. mit der u
zwei, noch eine viertelstunde. u. der
in grün gewandet an der pforte sitzt,
er weist geradeaus: bis zur kapelle,
links, rechts rein. du ahnst es nicht im
juli 56, brennend heißer sommertag
darüber groß, aus unbewegtem blau
gegossen, der himmel über alten kiefern.
du ahnst es nicht. kein spruch, den
braucht hier niemand. späte jahre. u.
nur die lebensdaten auf dem weißen stein.
kein wachslicht, welches zu entzünden
wäre. u. nur das fehlen jeglicher symbolik
erinnert mich, so daß mir mulmig wird.
die feuchte erde ist für spaten leicht
u. wo man torf streut, alles übersät
mit kiefernzapfen, ringsum abgeweht.
ich hebe einige der zapfen auf u. stecke
sie in meine jacke an einem sonntag
ende juni 96, über mir ein grauer himmel
mit bewegtem wolkenspiel, windig,
veränderlich u. für die jahreszeit zu kühl.

fotografie

wir kennen nicht ihr mögliches profil
nur diese vorderansicht, leider undatiert
u. ausgelöst von ungeübter hand. doch
gab es blitzlicht, hell wie kandelaber
u. die orale überlieferung. archaisch ist
kein ausdruck: die guckten damals alle
so todernst. wohl schien ihr herz
mit sauerstoff versorgt, sonst könnte sie
sich kaum so aufrecht halten u. säße
nicht so wunderlich drapiert. sonst
deckte das plisseekleid mit dem weiten
wurf nicht so gekonnt den bau der
knochen zu. die muhme spricht nicht, lippen
zugenäht, vielmehr gestrickt. es liegt
das strickzeug tief in ihrem schoß, die
nadeln, wollknäuel. wie es hieß: es mußten
socken her, man wurde nicht gefragt. die
stirn, die wangen: nicht sehr nah verwandt.
doch was ist dann der grund, daß ich das
foto immer ansehn muß. die muhme spricht:

tesafilm

hier in dem album siehst du ihr gesicht: der
weiße ara saß auf ihrer linken schulter u.
später schenkte sie mir das granatgeschmeide

das sind so dinge die vergißt man nicht. nur
manchmal fang ich etwas an zu zittern u.
kann nicht den anfang des tesafilms finden

dann sinke ich etwas ein in den knien wie
damals als wir die landstraße gingen ich
sah den himmel u. das feld verschwimmen

dann kam das gewitter ich mußte erbrechen
das war 38, ich glaub im august ..
ich wurde zwölf u. habe nichts gewußt

margueriten

wo du gespielt hast, wo der graben war
da mußten wir immer unter die erde
dann waren drei nächte ohne alarm
man konnte wieder in den garten gehen
es war jetzt abends wieder hell u. warm
da wollte ich mir margueriten säen
u. vor dem schlafengehen etwas hand-
arbeit, wie unwillkürlich muß ich daran
denken: es war das lied *in einem kühlen*
grunde, das wie die flieger kamen ich
beim bügeln summte, doch das gefiel
ihr nicht, weil es so traurig klang. jetzt
laß uns mal über was anderes reden
das rotkehlchen wieder im apfelbaum ..
ich habe das in einem brief gefunden
der auf der waage recht weit unten lag

spätlese

die post kam glücklich um zwanzig nach
zwei, es war eine ansichtskarte dabei ..
moselschleife mit rebenmotiv, unter-
frankiert u. man ahnt nur entfernt die
einstige bläue der tinte des füllers »als
in der herberge alles noch schlief .. jetzt
halten wir unter dem glühenden himmel u.
spüren den riesling noch in den beinen, der
staub der landstraße legt seine spur dünn
auf die felgen, die politur; so reisig war
zwischen die speichen geraten, wir hatten
das rappeln des schutzblechs vernommen
wir dachten, wir kämen des abends nicht
an; staub in den weinbergen, staub auf den
trauben u. kaum je die zeit, eine karte zu
schicken. grüße an die, die geblieben sind
grüße die mutter die schwester das kind«

enzian

es steigt der fahrweg nur so peu
à peu wo wir so halb im wald
schon gehn vor uns ein schwalben-
paar taucht vor dem regen her
von dem sie wissen u. sie wissen
mehr als du u. ich je voneinander
sehn .. es stößt der rotschwanz sich
vom ahornstamm u. landet sicher
auf dem zaunpfahl an u. ist schon
bald im feuchten gras entschlüpft

felder

die bilder wärn still u. von selber
gekommen, die reifen glommen
um die weiße plane, die felder
flimmern u. der helle mohn
ich wäre willenlos an seiner
hand gegangen, strauchelnd u.
irgendwie steif im genick wär
er geboren aus demselben trieb
der fuß müßt taub sein der die
nessel streift mein körper hier
lernt seine weise schon
ich nähme den schwelenden
sommer auf lunge jetzt wär ich
der irgendwas suchende sohn

sender

ich hab sie wieder auf dem linken ohr
dann sind sie weg wenn ich den kopf
halb drehe kommt mir ihr dauerton
so wenig wirklich vor *die grillen, hör*
doch mal sagst du u. stößt mich an
der ich soeben wieder ganz woanders
bin wie der kohlweißling der
stets um uns fliegt ihr hohes singen
das im grashalm schlief ist
nur ein sendersuchen oder tinnitus

ziffern

noch viel verschlüsselter
seit diese fahrt begann
erst war das buch dir in den schoß
gesunken, dann glitt es ganz
aus dem zu laxen griff
die lettern lösten sich
von ihrem weißen grund, so flimmerten
u. so erloschen sie.
du passagier der ankommt bist
derselbe nicht der in
die bahn stieg ohne aufzusehen
du warst kurz eingedöst
nicht licht, nicht dunkelheit
die kleine auflösung im kopf
nach einer ersten zigarette
dein zues auge ist
schon etwas vorgewandert
ein jeder strichcode
schaut dich seltsam an

die zeichen im schnee

die weidenkätzchen, sie schaukeln im wind
die doch als knospende noch gar nicht
denkbar sind, solang dezember ist u.
alle physis fraglich *komisch das hat sich*
mir eingeprägt weils so real war inmitten
des immerzu fallenden schnees wärn
wir gegangen, bis ich nichts mehr seh
auf den unendlich überschneiten planken
auf einem mehrfach belichteten foto .. mir sind
die augen wiederum gehalten, daß ich
den wunsch vom wunsch nicht unterscheiden
kann, kaum ihrer sicher, die da vor mir stehn
in ihren hochgeschnürten winterparkas
u. kaum des trauerrands um die schwarzweiß-
aufnahmen, für immer fröstelnd unterm
anorak .. auf bildern sind nur immer zwei
zu sehn, weil einer knipsen muß, als sei
der körper des vermißten dritten *verzeih*
mir, ich war sechzehn schon eingesunken in
das stumme moor, längst überlagert von ganz
fremden körpern, vertorft u. unverwest, doch
eines wesens mit dem wollgras, schilf u. rohr.

epiphanie

da sind so mücken über vaters grab die
tun als wüßten sie daß er im sommer starb
u. schweben niedrig über seinem stein

nein es sind fliegen oder so getier ich weiß
es nicht mit durchsichtigen flügeln
ich sehe so genau nicht in die luft hinein

u. rings umher sind alles birkenpollen u.
einzig übrig in der welt verblieben sind
nur die winterblüte an dem zweig u. ich

vor weißem grund

jetzt ist mein kopf der leichteste
von allen: aus meinem haar
ist ein marienkäfer mir in
das aufgeklappte buch gefallen
das noch ganz unbekannt
in meinen händen liegt ganz still
verhält er in dem labyrinth
der zeichen die seiner
zeichnung seltsam ähnlich sehn
wo ist er denn so schnell
schon aufgeflogen als ich
ihm nachhing sah ich lang nicht hin

kopfstimme

ich überrede mein ohr mich zu täuschen
mag sein es
war nicht wirklich eine nachtigall
aus rufen ungezielt in
mein system verirrt
am ersten frühlingsabend bei gekippten
fenstern die mehr vom himmelsstrich in
ihren angeln hielten als
einer fassen kann der erst zu sehen
übt doch eine nachtigall kanns
kaum gewesen sein die da
die schwingung andrer stimmen
kreuzte sogar die dröhnung der
bewohnten erde noch
übertönend mir zu kopfe stieg mit
ihrem schwer vergeßlichen gesang
ganz anders als in worten kurz kurz lang

sekunde

ein flügelschlag hat mich nach
außen gezogen: drei schwäne
sind über dem rhein geflogen in
weißer gestrichelter linie
steigend ich schwebe womöglich
für eine sekunde wann falle
ich wieder in den zirkel zurück

moment

der zwang zu atmen ist
mir ganz genommen
drei falter sind
auf meinen arm gekommen
die halten mich
u. meine lungen still

was ist denn das
auf einmal ein alarm
das ist / kein summen
von kühlmaschinen
das ist / im weidenstrauch
der tanz der bienen

der name der amsel

im fenster, fluchtpunkt, eben erst april
die eine drossel sitzt im schutz der
eberesche / ist es dieselbe wieder
die verschwunden war nur weil
ich namentlich nicht ihrer sicher bin

oder die amsel sitzt im schutz der
vogelbeere u. singt so unverwandt
nach einer stelle zu / als wär ich
namentlich von ihr gerufen worden
u. höre pausenlos aus ihrem lied das du

früchte. verserzählung

I

schattenmorellen, gezuckert, entsteint, auch
halbe pfirsiche, danach benannt, wie sie nach
dose halb u. halb nach pfirsich schmeckten

u. mirabellen konserviert im glas, jedoch
noch eigens mit dem stein versehen von dem
die zunge zögerlich den dünnen fetzen

fruchtfleisch löst, sich dabei zart verletzend
sind die erinnerung, die meinen mund besetzt
ein hauch von nachtisch, übertünchend einst

das rustikalere arom der mettwurst, der weißen
bohnen u. des sauerkrauts bei spröden
mundwinkeln, daran im winter schorf (es biß

der löwensenf so scharf aus düsseldorf) bevor
das mittagessen, das bekömmliche, am ende
mündete ins ritual .. weißt du, die silben waren

so enorm verschliffen, vertrauter leierton, so
daß man jahre brauchte, bis sich die worte
einzeln von bedeutung zeigten u. sich ihr

rätselhafter kranz entwirrte, doch ist die fügung
noch in meinem ohr: bestimmte laute, die wir
früh vernahmen, wie von der platte mit dem

single-stern: musik im schlagerstil der frühen
fünfziger, nach der die schwester sich, berichten
folgend, in ihrem stühlchen wie ergriffen drehte

aber du hörtest es nie .. bestimmte laute, die wir
früh vernahmen, u. wohl das letzte sind, was in uns
übrig bleibt, wenn auch die selbstgespräche uns

abhanden kamen. soviel zur weise eines melodrams;
die schwester wußte nicht, wo sie den kopf nach
wiegte, allein die mutter kannte die geheimen klänge

die das erlebnis der geburt umfingen mit einer ersten
sinfonie von brahms: im trakt der wöchnerinnen
stand ein radio .. vielleicht *nordmende* oder

telefunken, kenn ich auch selber noch, das knacken,
knistern, lied der sirenen konnte ich empfangen
wenn sich der suchknopf nicht mehr weiter drehte:

modulationsgeräusch am rand der senderskala
westlich von *lahti, rias, hilversum* ..
das waren namen, die nur mir gehörten, ohne

den beiklang gesprochener worte, schriftzeichen
eben, wenn an fiebertagen sich alles
verlangsamte, wieder u. wieder ins lidlose

magische auge zu blicken, wie es sich weitete,
blinkte u. schloß, u. ich, der da kurbelte,
ehrfürchtig saß bei mirabellen aus erwähntem glas.

II

an einem fiebertag wie diesem, irgendwann
schien auch die stimme, die im raum war, nicht
mehr mich zu meinen, die worte lösten sich

wohl in den küchendunst u. zogen unerkannt
zum kühlen fensterspalt, ich war der wartende
u. hielt das frotteetuch u. nahm die feuchten

dinge schweigend in empfang, so ganz vertieft
darin sie alle abzuzählen, die ohne unterlaß
durch meine finger gingen: die kleinen löffel

wurden immer mehr (gebraucht für caro-
kaffee oder fruchtdessert), indes die wender,
sägemesser, tortenheber verblieben schaum-

gekrönt noch auf dem ablaufbrett .. so kam
der nachmittag mit seinen apfeltaschen, es
schien die jugendzeit nicht recht vom fleck

zu wollen, nur in dem abriß der kalender-
blätter, im vor- u. rückspulrauschen einer
toncassette mit einer aufzeichnung vom

letzten rockpalast (drahtlos mit eingebautem
mikrophon genommen) war das verstreichen
ihrer augenblicke in ziffern greifbar, aber das

war spiel: so leicht dahingeträllert wie die
melodie des gelben hansi, der ganz grundlos sang
nicht mal in antwort auf ein amselzwitschern

das durch das fenster in die küche drang ..
u. in der tiefe eines sonntagabends
am stillen fixpunkt der gedrehten welt

drück ich auf stop u. wende die cassette
u. stell noch einmal den recorder an:
zuerst ein rascheln, halb erstickte worte

da hustet jemand, den ich nicht erkenne
es wird was eingegossen, *aber nicht so viel*
dann die erwiderung, ein kleiner lachanfall

ein stimmenwirrwarr, merkliches geknusper
(ich glaub die waffelröllchen standen nah
beim mikro) u. dann ein trinkspruch, unter-

drücktes kichern, ein gläserklirren, doch
ich hör es nie: der letzte take mit der
vertrauten stimme, auf diese unwirkliche

spule hier gebannt, fing früh zu leiern an
u. war im schrank verschwunden, aus angst
vor bandsalat u. vor dem wiederhören

hier ist die hülle, noch in kinderschrift sind
da die songs von einer band verzeichnet
der name *rainbow*, mit vierfarbenstift.

III

bestimmte bilder, die wir nie verstanden
wie jenes poster, vag erinnerlich
die wirren locken eines jungen manns

der einen gegenstand an seine lippen führte
den er begehrte, u. es sah so aus
als ob ein softeis (schokomohr) in rauch u.

flammen stünde .. hing an der stirnwand des
verbotnen zimmers, der speicherkammer
wo die schwestern schliefen, den eltern

unverständlich, keiner sprach davon
vielleicht die innenhülle einer langspiel-
platte oder ikone der erwachten lust, den

sternen nah zu sein, die durch die luke
schienen, falls man die sehen konnte tief u.
unbewußt u. noch viel schwereloser als

die andern bilder, die kamen, gingen,
immer wiederkamen u. spurlos blieben im
möblierten raum. die spätnachrichten geistern

so vorüber. u. dann u. wann kommt
eine meldung wieder, früh abgespeichert
doch verstanden kaum, wie diese hier:

baader darf tischtennis spielen, warum
auch nicht? es war ein gegengrund, wo ich
auch nachschlug, schier nicht aufzufinden

u. ich las oft im baderkatalog: lag nah bei
neckermann u. quer zu quelle im winkel
der eckbank, wo nie einer saß, im stapel der

zeitungen unüberschaubar *noch immer*
kämpfe um die alte kaiserstadt ..
die formulierung war es, die so traulich

klang, daß mich das weltgeschehen dabei
sanft berührte, ich dachte aachen liegt
in vietnam .. so klar wie der freitag

im kreisgang der wochen für immer
im zeichen der fischstäbchen stand
im bann auch des milchreis mit zimt

u. mit zucker, u. pflaumen, pflaumen in
geliehenem saft, die einmachgummis sind
ja lang schon ausgeleiert, wenn aller augen

wie es heißt, auf dich warten, warum bist du
dann noch nicht wiedergekommen, steht
denn die aktentasche nicht immer noch dort

zu füßen der sitzbank (ich seh niemals nach)
mit butterbroten u. erfrischungstüchern
wie eingepackt für eine lange autofahrt.

IV

ich träume rollsplitt, träume bodenschwellen
die kopfhaut kräuselt sich, vibriert beim
träumen mit im sanften steten anprall an das

glas, das glas, dann ist ein ruck im kopf ich tauche
langsam auf: ist hier die autobahn die ganze nacht
beleuchtet? nein wir passieren eben eine geisterstadt

kühltürme, hallen, leitungsrohre, rauch, ergleißend
alles in dem weißen licht, das fast mich blendet,
wieder abgetaucht. sind wir bald da? wann wird es

endlich hell? wird wieder stau sein auf der ahrtal-
brücke? das sind die fragen, die ein kind so stellt.
denn noch ist unklar, wo die reise endet. noch

passiert alles wie zum ersten mal, u. doch blinkt jeder
halb erkannte baum, verwischter abhang, fernblick,
tankanzeige, hell in erwartung, daß wir wiederkommen.

das ist die vorfreude, die sich nicht lassen kann, ist
das ersehnte ortsschild erst erreicht: noch 1 km, der
blinker ist gestellt, du hast dein butterbrot noch gar

nicht aufgegessen. doch schon am nachmittag, wenn
wir zum ersten gang das dorf verlassen, durch
die streuobstwiesen, hier sind die felder ja noch

nicht gemäht, mohnblume, kornblume, keiner sieht
mir zu, wie ich zum waldrand laufe wo die farne
stehen, sind da die trampelpfade alle zugewachsen

u. noch am abend ist ein stein im schuh. die nacht ist
dunkel hier in der pension, doch nicht ganz stumm
wenn auch von nebenan nur wenig tiergeräusche aus

den ställen dringen, das kettenrasseln des verstorbnen
hofhunds, der gang der katzen übers scheunendach
wird übertönt ja nur vom schwall der gasthausstimmen

die mich nach unten locken, schon im schlafanzug, schon
auf der stiege, auf den zehenspitzen, mich abwärts
tastend, durch den türspalt licht, kann ich sie alle überlaut

erkennen, ich möchte klopfen, doch ich trau mich nicht, so
sehr umfängt mich jetzt bestimmtes duftgemisch, daß ich
hier innehalte an der stillen schwelle: kein heu ist das, kein

stroh, es ist auch sonst nichts, was man landluft nennt. es
sind die biergerüche u. der bohnerwachs, wc-stein blau
wie man ihn sonst nicht kennt, ja selbst erbrochenes ist

darin aufgehoben, in kühler luftbewegung, die die nacht
uns bringt, nur insgeheim mit etwas wald vermengt.
das ist das glück, das in mir immer singt. hier auf der

ansichtskarte, die den schankraum zeigt, die liegewiese
u. die dorfchaussee, kann ich den weg hinab bis hin zur
mühle gehen. auf dieser karte ist kein mensch zu sehen.

V

das unbewußte der blockschokolade, ein
päckchen grießpudding, das nicht mehr
haltbar ist, läßt mich die mulde sehn in

seiner bleichen wade, wo eine kugel saß
die mich auf einmal trifft. halt so geschichten
die wir längst vergaßen, sieht man der schrift

kaum an, verblaßtes sütterlin: der auf- u.
abschwung seiner signatur, die nachzuahmen
ich mich früh bemühte, was er gedacht, gefühlt

ist doch nicht abzulesen, bloß eine redewendung
übernimmt der sohn, macht sich den faltenwurf
der fremden stirn zu eigen, der rest ist reine

projektion. doch was ist abends, wenn du
ausgehst, eine freundin triffst u. ich
alleine liege, bis du wiederkommst u. sterne,

sterne sind hier wieder nicht zu sehen u. wenn
ich jetzt vielleicht aus diesem fenster blickte
zur straße hin wo die geräusche sind, ich

sähe wieder nichts als die reklame leuchten
doch im moment wo ich die augen schließe
ist hier das dunkelblaue tiefe all. es tut

der vers, als ginge keine zeit, zumindest spür ich
wenn ich dir erzähle, die anmutung einer
anwesenheit, erst letzte nacht noch war ich

kaum erst eingeschlafen, wie der zitronenfalter
leicht auf meiner schulter sitzt, ist er mir
geisterhaft u. doch real erschienen u.

fast wie selbstverständlich ins gespräch
vertieft sind wir im ungemähten hohen
gras gestanden auf der umgrenzten

wiese hinten weit im garten, bis eine
frauenstimme vom balkon her rief
so daß ich hochgeschreckt bin als dein

mund mich küßt, ist erst halb eins du bist
nach haus gekommen, mir ist ganz heiß
da fühl mal meine stirn .. ich streue

reichenhaller in mein fußbad ein, weil es
das salz ist, wie ich zeitig lernte
das die erkältungskrankheit aus dem körper

zieht, so wie der grapefruit-saft wohl
auch den blutdruck senkt. es ist
der nachgeschmack, der das gedächtnis schenkt

bestimmte früchte, wo wir früh von aßen
geriebner apfel, himbeersirup
rote johannisbeeren überm puddingschnee.

Inhaltsverzeichnis

Die meisten Gedichte dieser Sammlung sind zwischen Februar 1997 und November 2000 entstanden.

Die Arbeit des Autors wurde durch den Deutschen Literaturfonds e.V. gefördert.

© 2001 Luchterhand
Literaturverlag GmbH, München
Umschlagkonzeption und -gestaltung: R·M·E/Roland Eschlbeck
Fotographie S. 2: Jürgen Bauer
Satz: Greiner & Reichel, Köln
Druck und Bindung: Ebner, Ulm
Alle Rechte vorbehalten. Printed in Germany
ISBN 3-630-62005-1